CATALOGUE

D'UNE JOLIE RÉUNION

DE

TABLEAUX

ANCIENS

DES ÉCOLES ITALIENNE, FLAMANDE, HOLLANDAISE & FRANÇAISE

Provenant en partie de M. D'JNTROUD, de Turin

DONT LA VENTE AURA LIEU

HOTEL DES COMMISSAIRES-PRISEURS

RUE DROUOT, N° 5

SALLE N° 4

Le Samedi 9 Avril 1859, à une heure précise

Par le ministère de Mᵉ DELBERGUE-CORMONT, Commissaire-Priseur,
rue de Provence, 8,

Assisté de M. DHIOS, Appréciateur, 33, rue Le Peletier,

CHEZ LESQUELS SE DISTRIBUE LE CATALOGUE

EXPOSITION PUBLIQUE

Le Vendredi 8 Avril 1859, de midi à 5 heures.

PARIS

RENOU ET MAULDE

IMPRIMEURS DE LA COMPAGNIE DES COMMISSAIRES-PRISEURS
rue de Rivoli, 144.

1859

EXEMPLAIRE DE DHIOS

CATALOGUE

D'UNE JOLIE RÉUNION

DE

TABLEAUX

ANCIENS

DES ÉCOLES ITALIENNE, FLAMANDE, HOLLANDAISE & FRANÇAISE

Provenant en partie de M. D'JNTROUD, de Turin

DONT LA VENTE AURA LIEU

HOTEL DES COMMISSAIRES-PRISEURS

RUE DROUOT, N° 5

SALLE N° 4

Le Samedi 9 Avril 1859, à une heure précise

Par le ministère de M° **DELBERGUE-CORMONT**, Commissaire-Priseur,

rue de Provence, 8,

Assisté de M. **DHIOS**, Appréciateur, 33, rue Le Peletier,

CHEZ LESQUELS SE DISTRIBUE LE CATALOGUE

EXPOSITION PUBLIQUE

Le Vendredi 8 Avril 1859, de midi à 5 heures.

PARIS

RENOU ET MAULDE

IMPRIMEURS DE LA COMPAGNIE DES COMMISSAIRES-PRISEURS
rue de Rivoli, 144.

1859

CONDITIONS DE LA VENTE

Elle sera faite au comptant.

Les acquéreurs paieront en sus des adjudications, cinq pour cent applicables aux frais.

DÉSIGNATION

DES

TABLEAUX

CLOUET (École de).

1 — Portrait de Philippe II, roi d'Espagne, enfant ;
il est vêtu d'une riche cuirasse, sa main
droite est posée sur son casque et l'autre sur
le pommeau de son épée.

ZAMPIERI (dit le Dominiquin).

2 — L'Amour monté sur un aigle, tenant un bran-
don et des flèches. Cette composition est
gravée.

GAROFOLO (Attribué à).

3 — L'Adoration des mages. Belle composition.

STENWICK (Genre de).

4 — Intérieur d'église avec nombre de figures

OLIVIERI (Dominique).

5 — Réjouissance de paysans italiens.

DU MÊME.

6 — Bambochade italienne. Pendant du précédent.

DICK (Attribué à Van).

7 — Le Christ en croix.

SIGNORELLI.

8 — Intérieur d'un couvent de religieux.

DU MÊME.

9 — Le chapeau de cardinal offert à un religieux.
Pendant du précédent.

KESSEL (Van).

10 — Fleurs dans un vase avec insectes.

ÉCOLE HOLLANDAISE.

11 — Portrait d'un peintre.

TENIERS (David) LE JEUNE.

12 — La fileuse.

TENIERS (Genre de).

13 — Un villageois.

REMBRANDT (École de).

11 — Le marchand de drogues.

CARRACHE (Augustin).

15 — La mise au tombeau.

GÉRICAULT (D'après).

16 — Le naufrage de la Méduse. Belle copie.

BOURDON (Sébastien).

16 bis — La duchesse de Longueville.

GOYEN (Van).

17 — Paysage, marine.

ECOLE FRANÇAISE.

18 — Deux paysages boisés, avec bergers conduisant
des animaux.

LEBRUN (Charles).

19 — Portrait de Colbert.

FRANCK (François).

20 — Le mauvais riche. Belle composition.

WOUVERMANS (Pierre).

21 — Animaux dans un paysage.

VELASQUEZ (Genre de).

22 — Portrait d'un jeune seigneur sous Louis XIII.

ECOLE ESPAGNOLE.

23 — Femme galante. Ce tableau provient de la vente du maréchal Soult.

DEMARNE.

24 — Un canal. Riche composition animée de figures et d'animaux.

DEMARNE (Attribué à).

25 — L'abreuvoir.

DU MÊME (Ecole).

26 — La chasse au renard.

DEKKER (Conrad).

27 — Le sentier.

DUCQ (Jean le).

28 — Une scène de corps de garde.

RUBENS (Attribué à).

29 — Portrait équestre. Esquisse.

NEER (Van der).

30 — Paysage.

FALCONE.

31 — Un combat de cavaliers.

DUPRÉ (Victor).

32 — Une ferme au bord de l'eau.

PORBUS (Ecole de).

33 — Portrait d'un seigneur.

BACKUISEN (L.).

34 — Paysage marine.

NEER (Eglon vander).

35 — La Madeleine.

ECOLE ITALIENNE.

36 — La Nativité.

ECOLE ESPAGNOLE.

37 — Une Madone.

WOUVERMANS (Pierre).

38 — Cavalier arménien.

ECOLE DE DAVID.

39 — Portrait du maréchal Bessières, duc d'Istrie.

BRUANDET.

40 — Etudes d'arbres.

MARIO DI FIORI.

41 — Vase de fleurs.

C. BERNARD (Signé).

42 — Jeune garçon gardant des vaches.

MATHIEU (Ecole moderne).

43 — Vue d'une cathédrale.

ECOLE HOLLANDAISE.

44 — Portrait de femme tenant un livre

ECOLE ITALIENNE.

45 — Grappes de raisins.

MÊME ECOLE.

46 — Grappes de raisins. Deux pendants ovales,

CUIP (Le Vieux).

47 — Portrait de jeune fille.

DU MÊME.

48 — Jeune fille tenant une fleur.

P. V. D. (signé).

58 — Vue de Venise, le départ pour le bal masqué.

L. L. F. (signé).

59 — Jeune femme dessinant.

LESAINT.

60 — Intérieur de cloître.

DU MÊME.

61 — Intérieur d'un monument.

JEAURAT.

62 — Jeune famille.

BRÉDA (Van).

63 — Port de mer avec figures et animaux.

ÉCOLE DE GREUZE.

64 — Tête de jeune garçon.

ROBERT (Hubert).

65 — Ruines d'architecture. (2 pendants gouaches.)

— 11 —

VERNET (Joseph).

66 — Ports de mer. (2 pendants gouaches.)

DUNKER.

67 — Paysage avec animaux.

NATTIER (Marc).

68 — Portrait de femme avec guirlande de fleurs.

OSTADE (d'après Adrien Van).

69 — Intérieur hollandais.

GUIDE (école de).

70 — Les Trois sœurs.

ÉCOLE HOLLANDAISE.

71 — Intérieur de cuisine avec trois figures.

GAUFREDI.

72 — Paysage. Clair de lune.

KUGYARD (signé).

73 — Paysage avec animaux.

TENIERS (d'après).

74 — Buveurs attablés.

SCHUTZ (genre de).

75 — Paysage avec architecture et figures.

ECOLE HOLLANDAISE.

76 — Paysanne gardant une vache.

ECOLE FLAMANDE.

77 — Scènes d'intérieur. (2 pendants gouaches.)

ECOLE MODERNE.

78 — Marine.

DOES (J. Van der)

79 — Bergère gardant ses moutons.

PINACKER (genre de).

80 — Paysage avec rochers.

VERONÈSE (école de).

81 — Portrait de jeune femme en riche costume.

ROBERT (HUBERT).

82 — Ruines d'architecture (ovale).

SIGALON.

83 — Tête d'étude.

LALLEMANT.

84 — Deux dessins, monuments d'architecture dans
des bordures sculptées.

NATTIER.

85 — Portrait de femme entourée de ses enfants. Esquissé.

SAUVAGE.

86 — Enfants. Bas-reliefs peints en grisaille. Deux
pendants.

ÉCOLE FRANÇAISE.

87 — Divers portraits époque Louis XIV et Louis XV.

ÉCOLE VÉNITIENNE.

88 — Le Lavement des pieds.

ÉCOLE FLAMANDE.

89 — Allégorie de la Vie. Mappemonde, livres et fleurs posés sur une table

ÉCOLE FRANÇAISE.

90 — Portrait de jeune dame (ovale).

NATTIER (Marc).

91 — Portrait d'un homme de qualité.

TULDEN (Van).

92 — Saints et personnages en adoration devant l'Enfant Jésus.

MARATTI (Carlo).

93 — Vision de saint Eusèbe.

ZUCARELLI.

94 — Paysage avec pont sur le devant.

OUDRY (signé 1725).

95 — Lièvre et gibier mort.

ÉCOLE FLAMANDE.

96 — Allégorie de la mort.

ÉCOLE ITALIENNE.

97 — Bouquet de fleurs. Deux pendants.

MÊME ÉCOLE.

98 — Buste de la Vierge.

MÊME ÉCOLE.

99 — Quinze tableaux de fruits, fleurs et nature
morte seront divisés sous ce numéro.

ÉCOLE HOLLADAISE.

100 — Danse d'amours.

101 — Dix-sept tableaux par et d'après divers maîtres
seront divisés sous ce numéro.

102 — Quelques tableaux omis.

Renou et Maulde Imprimeurs de la Compagnie des Commissaires-Priseurs,
rue de Rivoli, 144.   2017

www.ingramcontent.com/pod-product-compliance
Lightning Source LLC
Chambersburg PA
CBHW050737070726
47597CB00009B/3971